El gato

y un zapato

The Cat

and One Shoe

Maricela Ramírez Loaeza

primera edición 8 / 2020

You may order more books at www.amazon.com or by contacting the author directly at the following email address: Maricela Ramírez Loaeza azeaoly@hotmail.com maricelarloaeza@gmail.com www.poetamaricela.com

Artwork design Micaela Falcon and Mini Lau
Cover page design by Maricela Ramírez Loaeza
First edition in Spanish 8 / 2020

Ediciones Loaeza

AGRADECIMIENTOS

Doy las gracias al Dios Todopoderoso: quien me dota de inspiración para escribir estas obras literarias. A mi esposo Juan Santana, quien siempre me da el apoyo emocional y monetario para hacer mis sueños realidad. A mis cinco hijos Albert, Victor, Cesar, Ariana y a mi primogénito ausente. Este libro se lo dedico a mi princesa de chocolate, la mejor hija de todo el universo, Ariana.

ACKNOWLEDGMENTS

Thank you God, who gives me the inspiration to write these literary works. My husband Juan Santana, who supports me in my efforts to make my dreams a reality. My five children Albert, Victor, Cesar, Ariana and to my first-born missing son. I dedicate this book to my chocolate princess, the best daughter in the universe, Ariana.

Epílogo

Eliécer Almaguer, poeta, narrador, y editor

El gato y un zapato, es la historia sensible de un minino que se niega nada menos que a cazar ratones, alegando que, como buen gato moderno, es vegetariano, de manera que los roedores pueden, en su presencia, acampar a placer. Este gato es tan especial, que también le solicita a su futura ama, mamá Santana, que el traje que le compre sea del más fino algodón, y sus zapatos con suela de hule, ya que uno de sus deseos es de darle a cada una de sus patas un zapato. A cambio de estos dones extraordinarios, e imaginamos que también, permitiéndole comer algunos frutos de la cosecha, él promete hacer un trato con los ratones de la comarca, así estos dejarán crecer la cosecha, pero a cambio, mamá Santana deberá también proveerlos con algunas verduras y hortalizas para el invierno.

Epilogue

Eliécer Almaguer, poet, narrator and editor

The cat and a shoe is the sensitive story of a feline who refuses, of all things, to catch mice, alleging that, as a good modern cat, he's a vegetarian. Therefore, rodents may roam about to their hearts' content in his presence. This cat is so special, that he also asks his future master, Mom Santana, for the suit she buys him to be made of the finest cotton, and his shoes to have rubber soles. One of his dreams is to have a shoe for each of his feet. In exchange for these extraordinary gifts and we presume that this will also allow him to eat some of the fruits of the harvest he promises to make a deal with the mice in the region: They will let the crops grow, but Mom Santana must also provide them with some garden vegetables for the winter.

El gato y un zapato

Este es un gato
que tiene cuatro patas
y un zapato,
es atlético, fortachón,
y mas fuerte
que un dragón.

The Cat and One Shoe

Here's a cat
with four paws
and one shoe;
he's athletic, robust,
and well fed
and stronger
than a dragon.

Un día,
cuando mamá Santana
limpiaba el jardín
el gato apareció
y le dijo medio tristón así:

One day,
while Mom Santana
was gardening,
the cat appeared
and tearfully said:

—Ñau, ñau, tan feliz sería
si tuviera cuatro zapatos
uno para cada una de mis patas.

"Meee-ow! I'd so love
to have four shoes because...
there'd be a shoe
for each one of my paws."

Mamá Santana
dio un brinco
más alto que una rana
y sonriéndole contestó:

—Si trabajas para mí,
te compro tus zapatos
y serán dos pares de cuatro,
dos sombreros, dos pantalones
y chamarras de cuero.

Jumping higher than a frog,
Mom Santana smiled
and answered him:

"If you work for me,
I'll buy you your shoes
in two sets of four,
two hats, two pants
and a pair
of leather jackets, what's more."

Muy alegre
dio tres vueltas
el gato vacilón
y contestándole
a mamá Santana
en canción,
le dijo así:

So, the funny cat
gave three turns,
and answering
Mom Santana,
he sang to her in verse:

—Le arranco la maleza
le junto la basura,

"I'll pull your weeds,
and do your trash duty,

le aflojo la tierra
y su jardín será hermosura.

I'll till up the dirt and
make your garden a beauty."

—Después sembramos hortaliza
y ya verá que a toda prisa
estará lista la cosecha
y se sentirá muy satisfecha.

"Then we'll plant vegetables,
and in a hurry you'll see
the harvest shall be ready
and how satisfied you'll be."

—Muy bien caballero,
también otro trabajo
le quiero dar.
Deseo que a los ratones
me los venga a cazar,
pues son muy comelones
y la cosecha vienen a arruinar.

"Very well, sir, then,
there is another job
I want from you,
that you come hunt down
the mice that ruin the harvest –as
those greedy eaters come to do."

—¡Ay, Mamá Santana!,
lamento en eso no poderla complacer.
Pues yo soy vegetariano
y no me como a mis hermanos,
ni uso vestidura
que la hagan con piel pura.

"Oh, Mom Santana!
I'm sorry I cannot help you there.
You see, I am a vegetarian,
and cannot eat up my brothers,
nor do clothes of real fur, I wear.

—Además, mamá Santana le quiero pedir
que la ropa que me compre
sea de algodón,
¡Ah, y los zapatos, por favor,
que sean de suela del árbol de hule
para que mucho tiempo me duren!

"I also want to ask Mom Santana
that any clothes
you buy me should be of cotton.
Oh! And the shoe soles, please,
for sake of durability,
may they, from the rubber tree, be gotten!"

Y concluyó:

—Pero si usted quiere,
hablo con los ratones.
Haremos un pacto de honor
entre todos nosotros los animales,
y respetaremos con amor.

And he concluded:

"But if you wish,
I'll speak with the mice.
We'll form 'gentlemen's
agreement' among all of us
animals and will lovingly observe it:

Ya terminada la cosecha
les permitirás que ellos
vengan a pepenar la pizca
y así sellado el trato
tu cosecha la van a respetar.

After you've harvested,
you let them glean the pickings;
and your harvest deal is sealed
in such a way as they'll preserve it.

Tú la siegas,
podrás recoger.
Yo mis zapatos
me podré poner.

So, what you cut,
You may take home.
As for me, my shoes,
I shall put on.

Y jamás seré el gato
con cuatro patas y un zapato.

And never again
shall I be known as
the cat with four paws
and one shoe.

Preguntas didácticas

Instructive Questions

De acuerdo con la historia del libro "El gato y un zapato" ¿Cuál es el sueño principal del gato?

According to the history of the book *The Cat and One Shoe,* what is the primary dream of the cat?

¿Por qué mamá Santana da un brinco mas alto que una rana y que le contesta el gato?

Why did Mom Santana jump higher than the frog? What did the cat respond back to Mom Santana?

¿Cuales son las labores que el gato le ofrece ayudarle a mamá Santana?

What work does the cat offer to help Mom Santana with?

¿Por que se reúsa el gato a cazar los ratones?

Why does the cat refuse to hunt rats?

¿Qué opción o sugerencia le ofrece el gato a mamá Santana?

What suggestion does the cat offer to Mom Santana?

¿Cuál es el mensaje del libro?

What is the message of the book?

Otros libros de la autora

Other books of the author

Libros bilingües: inglés y español

----

bilingual books English and Spanish

- Pececito coloréame,
- Little Fish Color Me

- Cómo hacer una montaña,
- How to Build a Mountain

- *El gato y un zapato,*
- *The Cat and One shoe*

- *Flor de México,*
- *Flower of Mexico*

Made in the USA
Columbia, SC
11 July 2022